Über den Autor:

Sandro Hübner, wurde 1991 in Görlitz geboren. Besuchte erfolgreich die Schule und widmete sich mit 10 Jahren Kurzgeschichten, Gedichten und Vorträgen die sehr umfangreich verfasst waren. Als er 17 Jahre alt war und sich als Schriftsteller die Zeit, für seinen Ersten Roman: SAD SONG - Trauriges Lied - nahm, machte ihm das Schreiben sehr großen Spaß. Sandro Hübner lebt in Berlin und arbeitet bereits an seinem nächsten Roman. Er hat mittlerweile auch Bestseller geschrieben.

Vom Autor bereits erschienen: www.sandrohuebner.de

Für dich Mama, Papa Oma und Ur-Oma

Alle Geschichten, wenn man sie
bis zum Ende erzählt,
hören mit dem Tode auf.
Wer Ihnen das vorenthält,
ist kein guter Erzähler.

E. Hemingway

SANDRO HÜBNER

DIE BRÜCKE ZUM VERRAT

Roman

Bibliografische Information der Deutschen Nationalbibliothek:
Die Deutsche Nationalbibliothek verzeichnet diese Publikation in
der Deutschen Nationalbibliografie; detaillierte bibliografische
Daten sind im Internet über http://dnb.dnb.de abrufbar.

TWENTYSIX – Der Self-Publishing-Verlag
Eine Kooperation zwischen der Verlagsgruppe Random House
und BoD – Books on Demand.

© 2020 Sandro Hübner

Herstellung und Verlag:
BoD - Books on Demand, Norderstedt

ISBN: 978-3-7407-6639-9

INHALT

Teil I

Der Anschlag

Achtung! „Captain, Admiral Woodard verlangt Sie zu sehen."

Frank „Silverstar" Benjann nickte dem Korporal zu. Benjann war Anfang der Dreißig. Er hatte zu Beginn des Krieges, vor einem Jahr, nicht damit gerechnet dass er diesen abscheulichen Konflikt heil überstehen würde. Doch heute, nur vier Tage vor dem großen Ereignis, war ihm als fiele eine schwere Last von seiner Seele.

„Sir, Captain Benjann wie Befohlen." der Offizier riss die Knochen zusammen und salutierte.

„Stehen Sie bequem Captain", Admiral Woodard, ein riesiger Kerl, mit weisem Haar nickte dem Mann wohlwollend zu.

„Unsere Mannen formieren sich um nach South Carolina zu ziehen. Was halten Sie von dem Friedensvertrag?"

„Ich meine, wir hätten schon vor einem Jahr den Kolonien ihre Unabhängigkeit zu Teil werden lassen."

„Und wie Urteilen Sie über den Krieg Rückblickend?"

„Nun Sir, ich war mit vielen Befehlen der Admiralität nicht einer Meinung. Zu viele Unschuldige, zu viele Wehrlose, fanden den Tod."

„Erklären Sie mir das genauere Captain."

„Ja Sir", Benjann holte tief Luft und begann zu berichten, „ich habe mit eigenen Augen gesehen, dass Miliz Soldaten, die sich bereits Ergeben hatten, Gnadenlos abgeschlachtet wurden. Ich halte das nicht für die feine englische Art."

Admiral Woodard nickte den jungen Offizier zu. Als er vor drei Monaten die Kommandoführung über die Truppen übernommen hatte, wurde ihm schnell klar, dass dieser Krieg nur mehr eine Blut-rausch Orgie für so manche Ordenjäger der Englischen Infanterie geworden war.

„Ich habe Sie beobachtet", wechselte nun Woodard das Thema, „sie Unterscheiden sich von den anderen Offizieren. Sie sind anders. Und daher werde ich sie mit meiner eigentlichen Mission vertraut machen."

Captain Benjann schwieg. Er trat nur einen Schritt näher und wartete. Admiral Woodard bot den jungen Offizier einem Stuhl an, dann begann der Kommandant zu Erläutern.

„King George steht unter hohem Druck. Einerseits möchte er den Vertag unterzeichnen, andererseits arbeiten gewissen Herren dagegen. Ich wurde an diese Stelle Kommandiert um mögliche Verräter aus unseren Reihen zu enttarnen. Es soll eine Demonstration geplant sein. Sollte auch nur der kleinste Vorfall die Waffenruhe brechen, dann steht zu Befürchten, dass der Krieg auf ein Neues Ausbricht."

„Ist Bekannt, wer diese Interessen vertritt. Sir?"

„Da liegt der Hacken begraben", Admiral Woodard schüttelte den Kopf, „nein, das weiß ich nicht. King George erhofft sich von mir ein Wunder, aber wenn ich nicht innerhalb der kommenden zwei Tage einen konkreten Beweis vorlegen kann, dann sehe ich schwarz für den Frieden."

„Was kann ich in dieser Sache tun?"

„Ich möchte, dass sie sich unauffällig umhören. Sie sind der einzige in diesem Regiment, der von diesem Auftrag weiß. Sollte es anders Ablaufen wie geplant, dann sind sie die letzte Hoffnung auf Gerechtigkeit."

„Ja Sir, ich Verstehe."

Admiral Woodard entließ den Captain. Alleine blieb er in seinem Zelt zurück.

„Die Akteure sind nunmehr gestellt", flüsterte er zu sich, „der erste Vorhang kann sich öffnen."

Tausendfünfhundert Mann setzten sich am kommenden Morgen in Bewegung. Tausend Soldaten zu Fuß und Fünfhundert Offizier hoch zu Ross. Auch Captain Frank Benjann ritt unweit des Admirals dahin. Er hatte in dieser Nacht nicht sehr gut geschlafen, die Vorstellung, dass es einen Verräter in den eigenen Reihen gab, bereitete den patriotischen Idealisten Kopfschmerzen. Verzweifelt überlegte der Offizier, wer ein Verräter, ein Judas der königlichen Krone sein könnte.

Er traute es im Grunde keinem zu. Seit vielen Jahren kannte er diese Männer. Benjann wurde bereits als Korporal in dieses Regiment berufen, seit dieser Zeit diente er zusammen mit diesen Soldaten und nach seiner Ansicht, waren es alle Ehrenhafte Gentleman. Auch wenn so mancher Offizier im vergangenen Jahr seine Moral ein wenig außer Acht gelassen hatte, so stempelte dies noch keinen zum Verräter ab. Doch er Glaubte auch der Aussage des Admirals, warum sollte Woodard ihn in die Irre führen? Also würde er seine Augen offen halten.

Schweigend musterte Benjann die Offiziers-Kollegen noch einmal. Wer von ihnen war wohl imstande die königliche Krone zu verraten? Wer eigentlich?

Captain Benjann versuchte einen Logischen Sinn in all dem zu finden. Er konnte es nicht. Wer würde an dem fortgesetzten Krieg Profitieren?

Nach seiner Ansicht niemand, aber Benjann sollte schon bald von der gnadenlos harten Realität überzeugt werden.

Zwei Tage verliefen ohne Zwischenfall. Das Regiment unter der Führung von Admiral Woodard erreichte das Städtchen „City Town" im Staate South Carolina. Hier wartete bereits die vierte Division der Unions-Miliz. Achthundert Soldaten unter dem Kommando von General Martin Wayne.

Die Begrüßung der beiden Streitkräfte verblieb zu Beginn Kühl. Erst der versöhnliche Handschlag zwischen den beiden Kommandanten, löste die verspannte Situation ein wenig. Langsam lockerte sich die Stimmung auf und einige Soldaten versuchten sogar ein freundschaftliches Gespräch mit der Gegenpartei zu beginnen.

„Admiral Francis Woodard?" der etwa gleichaltrige Mann ergriff die Hand und schüttelte sie kräftig.

„Ja Sir und Sie sind General Martin Wayne?"

„So ist es Sir", bestätigte Wayne offen, „hatten Sie eine angenehme Reise?"

„Ja Danke, es ging. Ich hoffe nur, dass dieser unnötige Streit ab sofort Beendet ist."

Die beiden Kommandanten verstanden sich ausgezeichnet. Doch im gemeinsamen Lager, das nur wenige Kilometer außerhalb der Stadt errichtet worden war, trafen vier Offiziere zu einer geheimen Krisensitzung zusammen.

„King George wird morgen Abend in South Carolina eintreffen. Ich bin dafür, dass wir noch vor seiner Ankunft mit unserer Aktion beginnen."

Der Sprecher, Colonel Samuel Wallace von der Englischen Armee blickte in die Runde. Seine drei Spießgesellen, Leutnant Edward Louis und die Korporals Brüder Laster und James Brown Edington, die der Unions-Miliz angehörten stimmten den Vorschlag zu.

„Ich bin dafür", Laster Edington goss sich eine Tasse Kaffee ein, „James und ich kümmern uns um diesen Woodard", knurrte er, „während ihr beide Wayne aus dem Weg räumt. Damit ist das Friedensabkommen geplatzt und England kann in Kürze über den absoluten Sieg über die Unions-Miliz triumphieren."

„Dann wäre alles gesagt", Leutnant Louis erhob sich, „unsere Kameraden werden schon bald hier eintreffen. Es ist nicht Vorteilhaft, wenn sie uns zusammen sehen."

„Korrekt Leutnant. Wir sollten die Versammlung Auflösen."

Colonel Wallace entfernte sich. Unweit des Vize-Admirals Zelt zündete sich der Englische Offizier eine Zigarette an. Sobald er, vom Drahtzieher grünes Licht erhalten hatte, konnte die Aktion steigen. Womöglich noch heute Nacht.

Der Schein der Lagerfeuer erhellte die Zeltstadt. Der Waffenstillstand hielt nun schon seit mehr als drei Tage an und es wurden sogar gemeinsame Lieder in diesen lauwarmen Nächten gesungen.

Colonel Samuel Wallace schlenderte durch das Lager und steuerte Zielbewusst auf das Zelt des Vize-Admiral Shannon Fulbright zu. Der schwache Umriss des Offiziers war im flackernden Schein der

Feuer zu erkennen. Jetzt schob sich die Plane zum Eingang ein wenig beiseite und eine Hand winkte den Colonel.

„Ist alles bereit?"

„Ja Sir", Wallace nickte, „wir warten nur noch auf ihren Befehl."

„Wie zuverlässig sind diese Unions-Miliz Soldaten?"

„Sie scheinen für unsere Sache zu stehen", Wallace trat vollends in das Zelt und verschloss sorgfältig den Eingang, „aber ich würde nicht direkt auf diese Mannen bauen."

„Dann beseitigen wir sie", der Sprecher lachte grimmig, „ich habe da einen Plan."

Vize-Admiral Fulbright erörterte mit dem Colonel die weitere Vorgehensweise. Gegen Mitternacht sollte die Aktion starten. Das war noch genug Zeit um den bestehenden Plan um zu konstruieren.

„Sobald die Miliz wieder die Waffen erhebt, wir King George einsehen, dass eine weitere Nachsicht mit diesen Rebellen nicht angebracht ist. Wir sind der Meute Zahlmassig Überlegen und die Miliz wird aus gelöscht. Der Aufstand bereits im Keim erstickt und die Kolonien werden auf ewig der Englischen Krone unterstellt sein."

„Es lebt der König."

„Lang lebe der König."

Colonel Wallace grüßte Militärisch, während Vize-Admiral Fulbright listig grinste.

„Ob der König lange lebt oder nicht, ist mir Egal. Ich stehe nur für meine eigenen Interessen ein. Aber wenn alles klar Funktioniert, werde ich an die Stelle von Admiral Woodard rücken. Dann brauche ich einen neuen Vize-Admiral, das könnten dann sie sein Wallace."

„Ja Sir, zu Befehl Sir. Alles wird nach Plan geschehen."

„Gut", Fulbright verabschiedete den Colonel, „dann gehen sie jetzt. Ich habe noch zu arbeiten."

Samuel Wallace schwieg, seine Augen verrieten aber, dass seine Pläne auch eine eigene Richtung gingen. Und diese wichen gehörig von denen des Vize-Admirals ab.

Captain Frank Benjann versuchte mit so vielen Offizieren wie es nur ging zu sprechen.

Admiral Woodard erwartete den jungen Soldaten gegen 10:00 Uhr abends.

„Nun Captain, was konnten Sie in Erfahrung bringen?"

„Leider nicht viel Sir, keiner der Offiziere, mit denen ich seit dem gesprochen habe gab ein Anzeichen von Verrat von sich. Entweder ich unterhielt mich mit den falschen Leuten, oder dieses Verstanden es Ausgezeichnet ihre Ansichten zu Verbergen."

„Es kann ja auch sein, das wir ein Phantom jagen", Admiral Francis Woodard sichtete die Berichte, die wenig Aufschlussreich waren.

„Ich kann darauf keine Antwort geben Sir", Benjann schüttelte den Kopf, „ich bin kein sehr guter Komplotte Aufdecker."

Woodard lachte, seine Stimmung hatte sich ein wenig gehoben. Auch er hatte keine Erfolge erzielt, jeder im Lager war ruhig und Freundlich. Es gab keinen Streit und keine Anzeichen für einen Verrat. Keiner der beiden ahnte, dass der Atem des Todes bereits über der Zeltstadt lag.

„Also, du weißt Bescheid. Ich gehe mit Laster und du angelst dir diesen James Brown",

Colonel Wallace und Leutnant Louis hockten an einem Feuer und unterhielten sich flüsternd. Wallace hatte seinen Kumpanen soeben über die Änderung des Plane Informiert und der Leutnant nickte nur.

„Okay, ich habe Verstanden. Um Punkt Mitternacht gehe ich, zusammen mit James Brown Edington zum Zelt des Admirals und erledigen den Job."

„Korrekt, Gleichzeitige werde ich mit Laster Edington General Wayne aufsuchen. Im Morgengrauen ist die Tat vollendet und" Wallace packte den Leutnant bei den Schultern, „und wenn Fulbright Admiral, ich Vize-Admiral geworden sind, dann brauchen wir einen neuen Colonel, der die Truppen formiert." Wallaces Augen leuchteten auf, vorerst musste er den Weg Fulbrights gehen, aber in Zukunft würde bald die Stunde seiner Handlung schlagen.

Edward Louis verstand den Wink des Colonels, er würde auf keinen Fall diesen Aufstieg gefährden.

Die Lagerfeuer waren bis auf ein paar wenige, vollkommen herunter gebrannt. Die Wachen, die sich auf ihren Posten befanden, konnten von den erfahrenen Männern leicht umgangen werden. Die Mitternachtsstunde war nicht mehr fern.

„Okay, jeder weiß Bescheid. Hier trennen sich unsere Wege, auf den Erfolg", Colonel Wallace schwang Drohend die Faust. Er zog Laster Edington mit sich und die letzten Worte, die der Soldat vernahm, war der Schwur des Leutnants.

„Für unsere Sache.“

Wallace hatte die weitere Strecke. Er musste ins Feindes Lager. Zusammen mit Edington, der hier nicht Auffiel, erreichte er die Stellung.

„Wir gehen zu Waynes Zelt“, flüsterte der Colonel, „aber es wäre am besten, wenn ich es vollende.“

Edington nickte schweigend. Er verlor langsam die Courage für diese Aktion. Etwas befreit Aufatmend, zog der Miliz-Korporal die angenehm laue Nachtluft ein.

Wallace schnitt die Zeltplane mit seinem Messer auf. Langsam und Vorsichtig arbeitete er, jedes Unnötige Geräusch vermeidend.

Als die Öffnung groß genug war, schlüpfte der Colonel in das Kommandantenzelt und wartete im inneren ein paar Minuten, bis sich seine Augen an die Dunkelheit gewöhnt hatten.

General Martin Wayne lag auf seinem Ruhrlager. Den Säbel fest mit der Hand umklammert und schnarchte lautstark. Durch das blubbernde ausatmen, hüpfte der buschige Schnurbart lustig auf und ab.

Mit zwei Schritten war der Colonel an dem Lager des Generals. Noch immer hielt Wallace den Dolch, mit dem er das Zelt aufgeschnitten hatte, in der Hand. Seinen Blick unabwendbar von dem Opfer genommen, hob der Meuchelmörder langsam den Arm. Ein wenig Mondlicht fiel durch eine Ritze und ließ die scharfe Klinge aufblitzen, dann sauste der Stich hernieder und der Stahl bohrte sich tief in den Oberkörper des Generals. Wayne riss, verursacht von dem Schmerz die Augen auf. Sein Mund wollte schreien, doch da hatte Wallace ihm bereits einen Lappen in den Rachen gepresst. Der Aufruf erstickte noch im Keim, die letzten Sekunden brachen an. Doch Wayne war ein zäher Brocken. Wild um sich schlagend, wollte er sich dem Tot nicht ergeben. Wallace drückte immer tiefer das Messer in das Fleisch des Mannes. Blut quoll aus der Wunde und lief über die Finger, in den Ärmel der Englischen roten Uniform, wo es dann langsam stockte.

Beinahe zehn Minuten dauerte der Todeskampf Martin Waynes, doch irgendwann erschlafften seine Bewegungen. Die Arme fielen Kraftlos zu Boden und die hellen Augen des ruhmreichen Offiziers schlossen sich ein aller letztes Mal.

Nun rief Wallace Edington ins Zelt. Langsam hob er den Säbel Waynes, der nun auf dem Boden lag auf. Nachdem der Milizsoldat in die Behausung getreten war, stach der Colonel wortlos zu. Der Korporal fühlte noch den scharfen Stahl eindringen, dann wurde es schwarz um ihn.

Leutnant Edward Louis stand im Schatten einer knorrigen Ulme und spähte zum Zelt des Admirals hinüber. Darin brannte noch Licht. Der Umriss Woodards war deutlich zu erkennen, der Admiral wanderte sichtlich aufgebracht im Zelt auf und ab.

„Wieso geht er nicht zur Ruhe?" Korporal James Brown Edington, der neben den Leutnant stand, wurde zunehmend Nervös.

„Die Zeit läuft uns davon."

„Ich habe eine Idee", Edward Louis schnippte mit den Fingern, „so könnte es gehen. Ja, das könnte klappen."

Flüsternd setzte der Leutnant den Korporal in Kenntnis.

„Und Sie meinen das klappt?"

Louis nickte. „Davon bin ich überzeugt. Sie müssen ihre Handlung nur schnell und präzise durchführen."

James Brown kratzte sich unsicher hinter dem Ohr, dann zuckte er mit der Schulter und warf den Zigarettenstummel beiseite.

„Dann mal los."

Leutnant Louis schritt zügig auf das Zelt zu und machte sich Offiziell bemerkbar. Lautlos pirschte sich James Brown Edington in den Rücken des Leutnants und als Admiral Woodard nichts ahnend aus seinem Zelt trat und die vorgetäuschte Meldung des britischen Offiziers entgegen nahm, sprang der Korporal vor und versuchte den Admiral mit seinem Säbel zu erschlagen. Louis wirbelte herum, in diesem Moment stieß Edington den Leutnant beiseite und hob zum Schlag aus.

Woodard sah die Gefahr, Säbel schwingend stürzte der Milizsoldat auf den Admiral los. Louis wandte sich, die Waffe ziehend dem Angreifer zu, wurde jedoch mit einem kräftigen Stoß zur Seite geschleudert. Das Schwert sauste nieder und im letzten Moment konnte der Admiral dem Hieb ausweichen. Dennoch traf die Klinge den linken Arm des Offiziers und schlitzte diesen auf.

Der Schmerz war betäubend, doch Woodard war zäh, noch zäher als sein Miliz Kollege Wayne. Kurz nach dem Fall stand der hünenhafte Mann wieder auf seinen Beinen und zog mit der Rechten seine Pistole. Noch bevor James Brown Edington zum zweiten Angriff übergehen konnte, fiel der

Schuss. Gut gezielt und noch besser getroffen, wurde der Korporal einen Meter in die Höhe gerissen und gut einige Fuß weit zu Boden geschleudert. Die Kugel war direkt zwischen den Augen in den Kopf gedrungen.

Durch den Lärm, war das Lager aktiv geworden. Von überall her strömten die Soldaten, auch Vize-Admiral Fulbright und Captain Benjann war unter den Männern.

Während sich Leutnant Louis von seiner Ohnmacht erholte, er war absichtlich gegen einen Felsen gefallen, beugte sich Admiral Woodard über den Toten Körper des Milizsoldaten und schloss ihm für immer die Augen. Schon waren Sanitäter zur Stelle und kümmerten sich um den Verletzten Arm des Admirals. Aber für diesen kam jede Rettung zu spät. Der gesamte linke Arm musste umgehend Amputiert werden.

Nun erschien auch Colonel Wallace auf dem Schlachtfeld. Seine Miene verriet, dass bei ihm alles nach Plan Funktioniert hatte. Zumindest ein halber Sieg war für die Abtrünnigen errungen.

Mit der nächtlichen Ruhe war vorbei, das friedliche Zusammen leben beendet. Admiral Woodard wurde sofort von den Sanitätern ins Lazarettzelt gebracht, wo die Operation stattfand. Der Mord, begangen von einem eigenen Milizsoldaten an General Martin Wayne war bereits Entdeckt worden. Ein gewaltiger Zorn lag über den Gemütern der Soldaten. Die gesamte Miliz verstand die Handhabe der Verräter nicht und die Briten beendeten die offiziellen Friedensgespräche.

Commander Eugen Hunter, der Stellvertreter des Generals, nahm sich kein Blatt vor dem Mund. Er sprach offen und frei vom Herzen raus, was so manch anderer Milizsoldat insgeheim dachte.

„Ihr heimtückischen Mörder", brüllte er den britischen Soldaten entgegen, „ihr tötet General Wayne, täuscht eine Attacke durch einen der unseren vor und habt jetzt noch die Frechheit die Ahnungslosen zuspielen."

Der Commander spuckte verächtlich aus. „Ihr verdient keine Schonung, ihr habt den Frieden gebrochen. Ab jetzt haben wir wieder Krieg."

Schon stürzten, durch die Provokative Ansprache des Commander, die ersten Milizleer los und attackierten die britischen Offiziere. Ein Handgemenge entbrannte. Captain Benjann versuchte den Streit zu schlichten. Er gab Kund, das alles auch ohne Blut vergießen gelöst werden könnte. Er wolle den Anfang machen, in dem er sich seiner Waffe entledigte. Diese Geste schien wieder Stabilität ins Lager der beiden Armeen zu bringen.

Vize-Admiral Fulbright dankte den Offizier, dann übernahm er die Kontrolle über das Geschehen. Seine Satt war Aufgegangen, der letzte Akt, der berühmte Tropfen, der das Fass zum Überlaufen bringen sollte, wurde bereits spontan von dem gewieften Soldaten ersonnen.

Fulbright schaffte mit Hilfe des Miliz-Commanders, das wieder Ruhe in die Reihen der Soldaten einkehrte. Die letzten Stunden der Nacht sollten mit Schlaf verbracht werden.

Der Morgen graute, die verbleibende Zeit bis zum Tageslicht hatten die Sanitäter damit verbracht die Blutung an der Wunde des Admirals zu stoppen. Woodard hatte viel Blut verloren, aber mit dem ersten Sonnenlicht am Horizont hatte sich der Admiral einigermaßen erholt. Er hatte eine Narkose abgelehnt, bei vollem Bewusstsein wart ihm der Arm abgenommen worden. Nun erhob sich der Offizier und stellte sich auf seine Anfänglich noch wackeligen Beine.

„Sie sollten sich einige Tage Ruhe gönnen Sir", einer der Sanitäter stützte den Admiral, „sie haben eine Menge Blut eingebüßt und die Narben müssen auch erst verheilen."

„Keine Zeit, der Friede und alles was mit ihm steht, liegt auf der Schwelle des Zerbrechens. Wenn ich nicht stärke zeige, dann befinden wir uns in wenigen Stunden wieder im Krieg."

Woodard rief nach seinem Vize-Admiral und bat auch Captain Benjann zu sich. Der junge Offizier erschien als erster. Admiral Francis Woodard reichte dem Captain ein versiegeltes Schreiben, leise gab er seine geheimen Befehle an Benjann.

„Dieses Dokument darf nicht in die Hände der Verräter fallen", Woodard knirschte mit dem Kiefer, „wir haben durch die Aktionen in der vergangenen Nacht erkennen müssen, das unsere Widersacher schlauer vor zugehen vermochten, als wir es gedacht hatten. Beinahe wäre der Plan auf gegangen. Und wer weiß, ob der Schaden überhaupt zu Reparieren ist und", fügte der Admiral hinzu, „wir wissen noch immer nicht wer hinter diesen Vorfällen steht."

„Ich habe in der Nacht das Verhalten der Männer auf beiden Seiten beobachtet", Captain Frank Benjann fühlte sich nicht wohl in seiner Haut, „dieser Commander, Eugen Hunter. Er war mir zu Provokativ. Er könnte hinter diesen Anschlägen stecken."

„Mag sein", Woodard war sich nicht sicher und er wollte keinen Unschuldigen anklagen, „aber dennoch stehen auch Männer aus unseren Reihen hinter diesen Attacken. Zum Beispiel Leutnant Edward Louis. Ja, er warte den Anschein. Aber sein Sturz gegen diesen Felsen war nach meiner flüchtigen Auffassung ein wenig gekünstelt."

„Wir sollten ihn zur Rede stellen."

„Nein", Woodard winkte gelassen ab, „wir haben keine Beweise. Und daher würde es nichts bringen. Die Verräter wären nur Gewarnt und er könnte ja auch wirklich so Unglücklich gestürzt sein", Woodard hielt einen Moment inne, „außerdem hat Louis nicht den Gribs um der Anführer zu sein", setzte der Admiral schließlich fort, „dieser Commander Hunter auch nicht. Das sind nur Marionetten, Puppen an Fäden und ich möchte die kriminelle Energie fassen, die diese Marionetten tanzen lässt."

Während Benjann den Brief einsteckte fragte er.

„Was beinhaltet dieses Schreiben?"

„Es ist der Unabhängigkeitsvertrag für die amerikanischen Kolonien. King Georges Unterschrift für die unwiderrufliche Freiheit dieser Männer."

Schweigend zog sich „Silverstar" Benjann zurück. Wenige Minuten darauf betrat Vize-Admiral Fulbright das Kommandanten Zelt.

Die Stimmung unter den Milizsoldaten war noch immer getrübt. Noch war der Verdacht, dass die Briten den Mord an General Wayne inszeniert hatten, nicht aus der Welt. Admiral Woodard wusste, er musste zu diesen Männer sprechen. Nur so konnte er hoffen den Hass und die explodierende Lunte noch im Keim zu ersticken.

„Männer", auf dem Bock eines Planwagens stehend, rief Woodard alle Soldaten der beiden Armeen zusammen, „Männer. Die Schatten der Nacht haben sich gelüftet. Ich kann nicht sagen wer für den Anschlag auf General Wayne oder auf meine Person Verantwortlich ist. Aber niemand kann den anderen dafür zur Rechenschaft ziehen. Wir müssen einander Vertrauen, wir müssen", die Soldaten hatten sich um den Wagen versammelt. Die Rede des Admirals, der bei dem Mordanschlag einen Arm verloren hatte, brachte die Männer wieder zusammen. Keiner bemerkte das Übel. Keiner Erkannte das grausame Spiel der Intriganten. Mitten im Satz, mitten in die schwungvolle Rede des Admirals, krachte ein Schuss. Für einen Moment hielt Admiral Woodard in seiner Ansprache inne, er stand mit erhobenem Arm da. Dann breitete sich ein Roter Fleck auf seiner weißen Galauniform aus. Immer größer wurde die Blutlache, die Farbe wich aus den Gesichtszügen des Admirals. Dann, nach einer Minute des Schweigens, brach der riesige Mann zusammen. Dem nächtlichen Anschlag war er knapp entkommen. Doch jetzt hatte der Tot den patriotischen Offizier der britischen Armee doch noch erlangt. Entsetzen und Wut wurde wieder in der Menge laut. Captain Benjann suchte nach dem Commander der Miliz, doch Hunter stand nur wenige Schritte von ihm Entfernt. Auch Leutnant Edward Louis war da. Wer war der geheimnisvolle Schütze gewesen? Wer hatte den Anschlag auf den Frieden vollendet?

Teil II

Silverstar Benjann

Schüsse donnerten in der Ferne, aber nur gedämpft schwoll der Kampfeslärm durch den heftigen Regen in das Führungslager des neuen Kommandanten der britischen Armee. Admiral Shannon Fulbright.

Drei Monate waren seit der Ermordung der beiden Truppen Kommandanten Wayne und Woodard vergangen. King George hatte nach seiner Ankunft in South Carolina erfahren, dass die Miliz den Waffenstillstand gebrochen hatte. So sah es zumindest in den Augen des Königs aus. George II. übertrug Fulbright die Verantwortung über die britische Truppe und verlangte einen baldigen Sieg über die Amerikanische Rebellen Miliz. Dann reiste der König zurück nach England.

Fulbright koordinierte zusammen mit seinen neuen Vize-Admiral Wallace und Colonel Louis den Aufmarsch zur letzen Konfrontation gegen die Miliz. Kommandant Eugen Hunter, der auf die Seite der Britten gewechselt hatte, stand ebenfalls dem intriganten Fulbright zur Seite. Für die Miliz hatte der neue Krieg keinen Segen gebracht. Bereits beim ersten Ansturm wurde die Truppe hart getroffen und stark reduziert. Jetzt, fünfhundert Kilometer nach South Carolina „City Town", in westlicher Richtung, in der weiten Steppe des Landes schien die Kapitulation unausweichlich. Es Regnete, in dicken Schnüren fielen unaufhörlich Wassermengen vom verdunkelten Himmel und gaben der gesamten Umgebung ein gespenstisches Aussehen.

„Hier", Fulbright zeigte auf den Coyoten Canyon, der unweit der momentlichten Position der Miliz war und prophezeite, „genau hier, in die-

ser Schlucht, werden wir die Miliz für immer nie-
derschlagen."

„Und wenn sie den Canyon meiden? Was ist,
wenn sie hier", Vize-Admiral Samuel Wallace zog
die Landkarte ein wenig näher an sich und zeich-
nete eine weitere mögliche Route ein,

„über diese Bergkette nach Norden abweichen
und den Red Stone Fluss überqueren?"

„Ich denke", Fulbright war sich Siegessicher und
zweifelte zu keiner Sekunde an seine Überlegen-
heit, „das die Miliz den vermeintlich schützenden
Canyon zum Basislager erwählen werde. Dadurch
können wir sie unbegrenzt einschließen."

Fulbright erwartete keinerlei weiterer Vorschlä-
ge. Er gab seinen Untergebenen unmissverständ-
lich zu verstehen, dass es so wie er es wolle gemacht werden musste und aus. Sein Wort war Gesetz und es musste nach seinen Ansichten ausgeführt werden.

Nachdenklich verließ Wallace den Admiral. Er
sah keinen Sinn in der unlogischen Handlung Fulbrights, aber er Freude sich auch innerlich über
diese Sachlage, hatte er dadurch eine Option, seinen eigenen Plan aus zu üben.

„Fulbright geht zu weit", Wallace regte sich gekünstelt auf, während er und Louis, durch die auf-
geweichte Steppe, zu ihrem Zelt zurück stapften.
Der Colonel fluchte grimmig.

„Zum Teufel mit Fulbright und zum Teufel mit
diesem Wetter. Seit beinahe einem Monat Regnet
es andauernd. Wie lange soll ich noch durch diesen ekeligen Morast kriechen?"

„Fulbright wird auf die Nase fallen", Wallaces
Augen blitzten bedrohlich auf, doch Louis sah es

nicht, „ich glaube nicht das die Miliz so blöde ist und sich freiwillig in einen Canyon fest setzten lassen wird. Die Burschen werden über den Red Stone Fluss nach Norden ausweichen, dafür lege ich meine Hand ins Feuer."

„Aber was sollten sie in Norden wollen?" Edward Louis schüttelte sich. Die Uniform war nass und klebte überall vom Schmutz. Auch Wallace hatte schon einen adretteren Eindruck gemacht. Dichte Bartstoppeln standen dem Vize-Admiral im Gesicht und die durchgearbeiteten Nächte, zeigten ihre ersten Merkmale. Rote Augen, in tiefen Höllen liegend und ein abstumpfender Blick, der dennoch eiskalte Berechnung widerspiegelte.

„Ich denke da an Benjann", lange war dieser Name nicht mehr gefallen. Frank „Silverstar" Benjann hatte Wallace am Tag der Ermordung Woodards öffentlich an den Pranger gestellt. Er hatte den damaligen Colonel mit einem Gewehr, unmittelbar nach dem Schuss gesehen. Fulbright setzte deswegen eine Ordnungsgemäße Anhörung an, Wallace hatte sich wegen dieses Verdachts zu Rechtfertigen.

„Benjann spionierte mir ab diesem Zeitpunkt hinter her", Wallace knurrte erbost, „er ließ mich allgegenwärtig spüren, dass er ein Auge auf mich geworfen hatte."

„Ja", Colonel Louis hackte ein, „das ist zwar wahr, aber Benjann hatte keine Beweise und ihr wurdet ja von Fulbrights Untersuchung entlastet. Dann, ungefähr vierzehn Tage später, verschwand der Captain spurlos. Fulbright gab Allgemein Kund, das Benjann Desertiert hatte. Er erklärte den Captain für Fahnenflüchtig. Ich habe aber immer angenommen, dass du ihn unauffällig beseitigt hättest. War dem nicht so?"

„Leider nicht", Wallace spuckte aus, „Benjann war mir Gefährlich nahe gekommen. Für einen Moment habe ich geglaubt das Fulbright mich fallen lässt, er hätte sich auf diese schlaue weise einen Mitwisser entledigen können."

„Darin liegt der Hase begraben", Louis rezitierte schwungvoll, „Fulbright braucht uns. Keiner außer uns beiden, nicht einmal dieser Hunter, weiß so über die Absichten Fulbrights Bescheid, so wie wir beide. Wenn er einen von uns fallen lässt, muss er ihn schon Umlegen, andernfalls würde Fulbright ebenfalls abstürzen."

„Schon", Wallace blickte gegen den Himmel, der Regen plätscherte hart gegen sein Gesicht. „aber andererseits, Fulbright hat sehr viel Ansehen. Deswegen hätte ich mich an seiner Stelle so schnell wie möglich von diesem unliebsamen Ballast befreit. So oder so."

„Unke nicht Wallace", Edward Louis bekam eine Gänsehaut, „Unglücksgedanken rufen Unglück herbei. Wir sollten froh darüber sein, das wir noch immer in der Gunst des Admirals stehen."

„Aber wie lange steht der Admiral noch in der Gunst von mir?" ein Grinsen machte sich über den müden Gesichtsausdruck des Vize-Admirals breit. Dieses Grinsen vertiefte sich. Nun glich das Lächeln Wallaces mehr einer teuflischen Fratze. „Wie lange brauche ich Fulbright noch? Das mein Lieber Louis, ist nunmehr die primäre Frage."

Colonel Louis warf Wallace einen stillen Seitenblick zu. Diese Entwicklung gefiel ihm absolut nicht, aber was sollte er dagegen tun? Egal wer nun das Kommando führte, er war längst über die Brücke des Verrats geschritten. Ein Zurück gab es für Louis nicht.

Der Regen klatschte den geschundenen Männern der Miliz ins Gesicht. Seit drei Monaten versuchten die Rebellen gegen die britischen Armee stand zuhalten. Doch mit jedem Tag der verging, wurde die Lage Trostloser. Die schier unüberwindliche Übermacht der Briten wollte kein Ende nehmen.

Colonel Thomas Request lies zum Rückzug blasen. Auch diese Runde ging erneut an den Feind. Von Achthundert Mann, die sie vor Ausbruch des neuen Krieges noch gewesen waren, konnten sich jetzt nur mehr gute dreihundertzweiundzwanzig Soldaten auf den Beinen halten. Die Anderen waren gefallen.

Müde hockte der Colonel jetzt über der Landkarte dieser Region und versuchte einen Ausweg aus dieser verfahrenen Situation zu finden. Kundschafter hatten berichtet, das Fulbright den gesamten Osten blockierte. Eine Armee von tausend Mann kam der Miliz von Süden entgegen, weiter westlich befand sich ein Canyon, der zwar Sicher schien, aber man war darin auch Eingeschlossen. Logisch betrachtet blieb nur mehr der beschwerliche Weg nach Norden. Über die Falcon Mountain und dann das Flussbett des Red Stones entlang, bis... Ja, bis was? Wohin sollten sie sich wenden?

Ein Schatten huschte am Zelt vorbei. Request wurde durch diese Bewegung aus den Gedanken gerissen. Wer schlich noch zu dieser späten Stunde noch durch das Lager?

Hastig griff der Colonel zu seiner Waffe und spannte den Hahn des Revolvers. Dann trat er aus dem Zelt. Niemand war zu sehen. Hatte er sich das nur Eingebildet? Spielten seine angeschlagenen Nerven ihm einen Streich?

Noch im Überlegen wollte sich Request abwenden, doch da knackte unweit ein Ast. Das Geräusch schien aus seinem Rücken zukommen. Jetzt war wieder alles still. Ruckartig wirbelte der Colonel herum, keine Seele zeigte sich. War es doch nur eine Halluzination?

Request tat einen Schritt ins Zelt. Dann spürte er einen harten Gegenstand in seinen Rücken.

„Gehen Sie weiter Sir", die Stimme sprach leise, aber bestimmt, „ich will ihnen nichts böses."

Für einen Augenblick blieb der Colonel wie angewurzelt stehen. Der Lauf eines Gewehres drückte sich fester in den Rücken.

„Es ist nicht gerate Höfflich so einen Besuch zu machen Sir."

„Korrekt Sir, aber ich hatte keine andere Wahl. Zumal ich nicht wusste, wie Sie mich aufnehmen."

Request trat vollends ins Zelt. Der Gewehrlauf löste sich aus dem Rücken des Soldaten. Mitten im Zelt gebot der Eindringling den Colonel stehen zu bleiben.

„Halt Sir", nun wurde die Stimme etwas deutlicher, „sie können sich nun umdrehen."

Colonel Request wandte sich langsam seinem Gegenüber zu. Es dauerte nur wenige Sekunden, dann erkannte Request den nächtlichen Besucher.

„Captain Benjann? Was führt Sie in unser Lager? Berichten der Briten zufolge haben Sie Desertiert."

„Das stimmt nicht ganz", erläuterte er trocken, „aber in den Augen derer die ich Verfolge ist das eine kluge, strategisch und sehr wichtige Aussage."

Captain Frank Benjann stellte das Gewehr ab. Colonel Request bot den Briten einen Platz an. Er konnte sich noch sehr gut an den jungen Offizier Erinnern. Ohne zu Zögern hatte er damals einen Mann aus seiner eigenen Kompanie der Verschwörung Angeklagt. Die Sachlage war klar gewesen, nur der Beweis fehlte. Colonel Samuel Wallace konnte sich aus der Geschichte heraus reden. Und Fulbrights Untersuchung untermauerten seine Angaben, er wurde Frei gesprochen. Und jetzt war er Vize-Admiral, Fulbrights rechte Hand.

„Wie stehen die Dinge?" Frank Benjann nahm dankend die Tasse heißen Kaffees in Empfang und trank einen kräftigen Schluck.

„Konnten Sie Fulbright zurückschlagen?"

„Leider nein", ein gekünsteltes Lächeln huschte über die Miene des Colonels, „die Miliz ist so gut wie am Ende. Ich befürchte das wir uns in weniger als einer Woche Ergeben müssen."

Lange Zeit schwiegen beide. Benjann trank den gemahlenen und frischen Kaffee hastig aus. Sofort goss Request die leere Tasse mit neuem Kaffee nach.

„Die Liste?"

„Stehen die beiden anderen Männer noch auf der Liste?"

Requests nickte.

„Dieser Leutnant, Louis. Nicht wahr?"

„Ja, Edward Louis."

„Genau, Louis und mein ehemaliger Commander Eugen Hunter verweilen noch immer im Schatten von Samuel Wallace."

„Ich bin mir absolut sicher", Benjanns Stimme wurde hart, „dass diese drei Männer für die Verschwörung vor drei Monaten verantwortlich sind. Sie haben den Plan ausgeführt, aber ein anderer, ein höherer hatte den gemeinen und fiesen Plan entworfen."

„Wer?"

„Ich denke es war der damalige Vize-Admiral Shannon Fulbright. Nur er hatte einen wirklichen Grund um den Krieg nicht Enden zulassen."

„Die Beförderung zum Admiral und das eigene Kommando über den gesamten Truppenzug der britischen Armee hier in South Carolina?"

„So ist es. Jetzt muss ich es nur noch beweisen."

„Und was ist mit den beiden Männer, die als Sündenböcke hingestellt worden waren?" Colonel Request schüttelte sich.

„Nun, bei Laster Edington bin ich mir nicht sicher. Er war Tot als man ihn, von dem Säbel des Generals durchbohrt, vorfand. Er könnte nur als falsche Fährte benutzt worden sein." Benjann trank die zweite Tasse Kaffees aus.

„Aber bei Korporal James Brown Edington ist die Sachlage klar. Er sprang auf Woodard mit gezücktem Schwert los. James Brown schlitzte den linken Arm auf, so dass dieser Amputiert werden musste. Er war auf ganz Sicher mit drinnen und da

Laster der Bruder war, glaube ich das auch der Korporal genau wusste was da abging und nur als Ablenkung Mundtot gemacht worden war. Was eignet sich besser, ein Attentat und ein zum Schweigen gebrachter Attentäter."

„Wie geht es nun weiter?"

„Welche Strategie verfolgen Sie Sir?" Benjann beugte sich neugierig über die Landkarte.

„Ich habe noch nichts entschieden. Aber es gibt ja auch nicht viel zu entscheiden. Im Osten und Süden sind die Briten. Im Westen ein natürliches Gefängnis, daher bleibt nur der Weg über die Falcon Mountain."

„Gut", Benjann nickte, „ziehen Sie mit ihren Männer nach Norden. Vier Kilometer das Flussbett hinauf, werden Sie eine kleine Stadt mit dem Namen Chervil erreichen. Dort warten fünfhundert Mann auf ihren Befehl."

„Ich verstehe nicht ganz", Colonel Thomas Request erhob sich. Tief holte der Soldat Luft. Diese Aussage Benjanns konnte der Miliz-Offizier nicht einordnen.

„Wer sind diese Männer?"

„Es sind Soldaten ihrer Miliz. Sie wurden vor vier Monaten am Cheyenne-Pass gefangen genommen. Ich konnte sie befreien und führte sie nach Chervil. Jetzt erwarten diese Männer ihre Ankunft."

„Vielen Dank, aber dennoch sind die Briten noch in der Überzahl. Fulbright selber Kommandiert über gut achthundert Mann und aus dem Süden kommen noch einmal tausend Mann dazu."

„Korrekt", der Brite konnte dem nur zustimmen, „aber glauben sie mir Sir, ich habe noch einen gewaltigen Trumpf im Petto." und dann witzelte Benjann ein wenig. „Nur mehr achthundert?" er lachte etwas verbittert auf. „Vor drei Monaten waren es noch fünfzehnhundert. Da hat ihre Division bereits siebenhundert Mann beseitigt. Bei einem eigenen Verlust von nur knappen fünfhundert. Alle Achtung, da muss ich meinen Hut vor ihnen ziehen und Hut ab."

Colonel Request musste nun ebenfalls lachen. Es war ja auch zu komisch. Nur über zweihundert Mann Unterschied, bei dieser doch sehr ungleichen Stärke.

„Sir, die Späher berichten, dass sich die Division Colonel Requests in Bewegung setzt. Sie ziehen in Richtung der Falcon Mountain."

Fulbright horchte auf. Der Bote salutierte und trat aus dem Kommando Zelt. Vize-Admiral Wallace schlug sich mit der Faust in die hole Hand.

„Sehen sie Sir", Wallace konnte es nicht lassen, er musste Fulbright mit der Faust auf die Tatsache stoßen.

„Ich habe es ihnen gesagt. Die Rebellen pfeifen auf ihren Canyon."

Fulbright ignorierte die höhnische Aussage Wallaces.

„Aber was wollen sie im Norden? Dort gibt es nichts."

„Aber anscheinend dennoch mehr, als in dem Canyon."

„Wir müssen diese Milizleer stoppen. King George wird die Ereignisse der vergangenen Monate prüfen. Und auch wenn Frank Benjann verschwunden ist und als Deserteur da steht, seine Anschuldigung gegen sie ist nicht von der Hand zu weisen. Der König könnte Fragen stellen. Fragen, auf die sie keine plausible Antwort haben. Das sollten wir vermeiden."

„Nun Sir", Wallace richtete seinen kalten Blick auf den Admiral, „sollte es soweit kommen, dann Vertraue ich ganz auf ihre Fähigkeit die Dinge wieder ins rechte Licht zu rücken."

„Das wird mir vielleicht nicht möglich sein." Fulbright zeigte Besonnenheit.

„Wie darf ich das Verstehen Sir?"

Wallace war hellhörig geworden. Seine Arroganz schwand für einen Moment, scharf blickte er den Admiral in die Augen. Dieser ließ den Blick abschweifen und hantierte an seiner Uniform.

„Das können sie Verstehen", Fulbright wirkte Gelassen, „wie sie es wollen. Im Ernstfall sind Sie auf sich alleine gestellt. Ich Riskiere meine Position nicht wegen Ihnen."

„Aber ich könnte sie mit hinunter ziehen", Wallace knackte erzürnt mit dem Kiefer, „Glauben sie wirklich das ich ihre Suppe auslöffle?"

„Das werden sie müssen Wallace", Fulbright lachte nun seinerseits höhnisch, „sie haben schlussendlich Woodard ermordet. Sie alleine stehen dadurch und durch Benjanns Anschuldigung im Fadenkreuz der Gerichte. Ich habe von nichts gewusst, das wird meine Aussage gegenüber King George sein."

Fulbright wandte nun den Vize-Admiral den Rücken zu. Das war sein Fehler. Als der Hahn knackte, war an eine Gegenwehr nicht mehr zudenken. Langsam drehte sich Shannon Fulbright um. Seine Augen irrten unsicher durch das Zelt.

„Na nun hören sie aber auf Wallace. Was soll das werden?"

„Sie haben kein Ehrgefühl", Wallace spuckte dem Admiral an, „sie Sir sind unfähig diesen Zug zu Kommandieren. Ich habe jeher auf diesen Moment hin gearbeitet. Alles was ich tat, tat ich für mich und meine Pläne. Und nun", Samuel Wallace hob die Hand mit der Waffe höher, „werde ich ihre Position einnehmen und die Miliz noch in weniger als einer Woche zerschlagen. Haben Sie noch irgendwelche letzten Worte für mich? Eventuell Worte des Glücks?" Wallaces Arroganz war zurückgekehrt, er lachte voller Hohn und Spott. Es war ein Lachen voller Machtergreifung.

„Sie können nicht schießen", Fulbright versuchte Cool zu bleiben, aber die Angst nagte an seinen Nerven, „der Lärm wurde das gesamte Lager Informieren. Was wollen Sie den Männern sagen" höhnisch grinste Fulbright nunmehr den Vize-Admiral an. Doch dieser lächelnde nur Hinterlistig.

„Kein Problem Sir. Ich werde einfach sagen, sie Sir hätten sich auf Grund ihrer andauernden Fehleinschätzungen das Leben genommen. Viele der Männer sehen ihr Verhalten genau so wie ich. Sie werden mir Glauben."

Mit diesen Worten trat Wallace auf den Admiral zu und setzte die Pistole an dessen Schläfe. Dann, ohne ein weiteres Wort krümmte er den Finger. Der Schuss krachte, die Kugel durchschlug den Kopf und verteilte das Gehirn Fulbrights in Zelt. Im selben Augenblick lies Wallace die Waffe fallen und stürmte laut rufend aus dem Zelt.

„Sanitäter", schrie er laut, „ich brauche einen Sanitäter, der Admiral hat Selbstmord begangen."

Der Marsch über die Bergkette war für die dreihundertzweiundzwanzig Mann starke Division der Miliz ein Höhlen Trip. Sie hatten keine Ruhe gefunden und obwohl es endlich aufgehört hatte zu Regnen, brannte jetzt die Sonnen unbarmherzig hernieder.

Zwei Tage waren vergangen. Die Aktion, die am Tag des Aufbruches im Lager der Briten geschehen war, hatte sich noch nicht zu den Miliz Soldaten verbreitet.

Captain Frank „Silverstar" Benjann hatte die Männer einen Tag lang bekleidet. Dann schlug er einen Weg ein, der den ehemaligen Offizier der britischen Armee ans Meer führen würde.

„Viel Glück Colonel. Ich werde in wenigen Tagen zu ihnen aufstoßen. Wenn meine Kontaktperson Wort gehalten hat."

Mehr sagte der Captain nicht. Rüstig schritt er aus und verschwand nach wenigen Minuten hinter einer Bergformation. Seine Schritte halten noch lange nach, aber schließlich verstummten sie.

„Okay, los Männer. Nur keine Müdigkeit vortäuschen." Colonel Thomas Request trieb seine Männer härter an. Jede Minute war Kostbar. Die Briten würden bald, wenn sie es nicht ohne hin schon wussten, die Absicht der Miliz erkennen.

Der Zug der siebenten Regiments Truppe war vor einem Tag aufgebrochen. Der Selbstmord des Admirals hatte die Gemüter mancher Soldaten und Offiziere verdunkelt. Nur einige waren darunter, die anders über diesen Tot dachten.

Wallace hatte eiskalt das Schauermärchen über den fehlgeleiteten Selbstmord verbreitet. Keiner lies auch nur im Ansatz einen Zweifel aufkommen das es nicht so gewesen sein könnte. Keiner, außer einem. Colonel Edward Louis. Er kannte ja Wallaces Ziele.

Samuel Wallace hatte sich selber in den Rang des Admirals erhoben. Automatisch rückte Louis zum Vize auf und Eugen Hunter wurde zum neuen Colonel für die Truppenformierung ernannt. Jetzt hechtete das Regiment hinter der Miliz her. Einen ganzen Tag hatte diese gewonnen, doch Wallace machte sich darüber keine Sorgen. Er wusste das Captain Saunders, aus dem Süden, mit weiteren tausend Mann anrückte.

Captain Benjann schritt zügig aus. Er hatte nur fünfzehn Stunden Zeit um die Küste zu erreichen. Wenn seine Kontaktperson zu verlässlich Gearbeitet hatte, dann waren zwei Dinge ins Rollen gekommen. Erstens. Eine verschlüsselte Botschaft war an King George gegangen, in der Offenbart wurde, welche Hinterlistigen Verräter sich im siebenten Regiment aufhielten. Darin wurde auch die Erklärung abgegeben, dass er, Frank „Silverstar" Benjann, nicht Desertiert hatte, sondern aus dem Untergrund, im geheimen, Beweise beschaffen wollte. Das war Admiral Woodards Befehle gewesen. Beweise hatte Benjann zwar im Moment noch keine, aber gegenwärtig rechte der ausgesprochene Verdacht schon aus um den König zum handeln zu zwingen. George II. musste auf dieses Kommunikee agieren. Ob er wollte, oder nicht.

Zweitens. Benjann hatte sich über inoffizielle Kanäle Kontakt zu den Franzosen verschafft. Die Seeflotte Frankreichs stand noch in der Schuld der Engländer. Benjann forderte diese Schuld nun ein.

Dieser Wahnsinn, den Shannon Fulbright vom Zaun gebrochen hatte musste sein Ende finden.

Durch das kühlende Nass des Süßwasserflusses hatten die Miliz Soldaten wieder einigermaßen Kräfte sammeln können. Seit vierzig Stunden waren die Männer nun Unterwegs. Nach den Berechnungen Benjanns und Requests, müsste die Stadt Chervil in weniger als einer halben Stunde in Sicht kommen.

Es war auch an der Zeit. Was nützte es, wenn sie um gut fünfhundert Mann stärker wären, wenn keine Möglichkeit mehr verblieb, dass die dreihundertzweiundzwanzig Soldaten endlich ausruhen konnten.

„Ich weiß Männer", Request spornte sie noch mal an, „ihr und genauso ich, wir sind alle gleich viel geschafft. Aber dennoch. Die letzten paar Kilometer bringen wir auch noch im schnell Schritt hinter uns. Davon hängt vieles ab, sogar alles."

Die Soldaten, die sich bereits mühsam einen Schritt nach dem anderen vorwärts schleppten, verstanden den schleifenden Ton ihres Kommandeurs und obwohl es eine enorme Belastung war, setzte die Miliz noch ein gutes Stück Tempo hinzu. Hier hieß es jetzt alles oder nichts.

Vier Fregatten der französischen Flotte ankerten unweit der Nord/Westlichen Küste South Caralinas. Sechzehn Beiboote waren zu Wasser gelassen worden und hatten am Stand angelegt. Die französische Seemarine entsandte insgesamt fünfhundert Soldaten für den Kampf der Gerechtigkeit.

Nachdem die ersten hundert Männer ausgestiegen waren, machten sich die Beiboote auf um die nächste Fuhre zu tätigen.

„Captain Benjann?"

„Silverstar" Benjann grüßte militärisch. „Sir. Das bin ich."

„Ich bin Gall Sion. Hier ist meine Ordre de Marche."

Benjann übernahm das offizielle Schreiben und überflog es kurz. Es war nur ein Begleitsatz, in dem die französische Regierung ihre Unterstützung bekannt gab.

„Vielen Dank Monsieur Sion. Wenn Sie ihre Truppen soweit haben, dann können wir los ziehen."

„Aye Captain. Aber sprechen Sie mich Prière mit Marschall an. Das ist meine Kondition."

„Selbstverständlich Sir", Benjann verneigte sich kurz, „Verzeihen Sie bitte meine Unachtsamkeit."

„Pardon gewährt Monsieur Captain. Wir wollen non Temps verlieren."

Damit war für den Moment alles gesagt. Eine Stunde später waren alle fünfhundert Soldaten an Land und Abmarsch bereit. Captain Frank „Silverstar" Benjann und der französische Marschall Gall Sion führten die Garnison an. Dieser Tag neigte sich bereits dem Ende zu.

King George lief in seiner Resistenz unruhig auf und ab. Vor einem Tag hatte der König eine Depesche von einem seiner Soldaten aus Amerika erhalten. Darin wurde Offenbart, das Colonel Wallace, jetzt Vize-Admiral an der Ermordung Woodards beteiligt und wahrscheinlich sogar das durchführende Organ gewesen sei. Captain Frank Benjann schrieb weiteres, das er in den Untergrund gehen musste um Beweise für seine Behauptung zu finden. Das alles regte den König schon sehr auf, aber der letzte Absatz, brachte das Fass zum Überlaufen.

„Ich bin der Ansicht dass dieses Komplott nicht nur von britischen Offizieren eingefädelt worden war. Es müssten auch Männer der Miliz daran beteiligt gewesen sein. Das vermeintliche Überlaufen des Commander Eugen Hunter spricht Bände. Weiteres bin ich der Ansicht das der ehemalige Vize, jetzt Admiral, Shannon Fulbright hinter der ganzen Aktion steht."

„Greenfield", King George rief nach seinem Stabschef, „Greenfield. Rufe den Kriegsrat ein, wir ziehen nach South Carolina. Das ohne jegliche Widerrede."

General John Greenfield verstand dieses ersuchen nicht. Aber er fragte auch nicht. Das Wort seines Königs war ihm Gesetz.

Das Glück hatte es gut mit den Soldaten der Miliz gemeint. Noch vor dem Abend hatten sie das Städtchen Chervil erreicht. Die Begrüßung unter den Kameraden war Herzlich. Es wurde gut gegessen und dann durften die dreihundertzweiundzwanzig Soldaten endlich einmal wieder eine ganze Nacht lang durch schlafen.

Heute, waren alle frisch und Munter.

Der Vormittag verlief noch ruhig. Abwechselnd wurde Gewacht. Man wollte von den Briten ja nicht Überrascht werden. Colonel Thomas Request und Captain Jack Marine, der die fünfhundert Milizleer bisher angeführt hatte, verstärkten die Befestigungen der Stadt und inspizierten die Schlüsselpositionen, damit keine Lücke in der Abwehr entstehen konnte. So wie bei den letzten Schlachten, ein offensiv Angriff, Mann gegen Mann mit vorgehaltenem Bajonett, konnte Request nicht länger Verantworten. In diesem barbarischem Blutsport waren die Briten die besseren Kämpfer. Das sollte aber auf keinen Fall als Kompliment auf gefasst werden.

„Status Leutnant?" Colonel Request überprüfte zum Abschluss die bereits verdoppelten Wachen und erwartete den Report des Soldaten.

„Noch keinen Feind gesichtet Sir. Status, alles gesichert Colonel Sir."

„Weiter machen Leutnant."

Request war zufrieden. Alles was zu bedenken war, ist bedacht worden. Jetzt hieß es abwarten und auf das weitere Glück vertrauen. Und wenn alles nach Plan funktionierte, dann gab es da ja auch noch den geheimnisvollen Trumpf aus Captain Frank „Silverstar" Benjanns Ärmel.

Stunde um Stunde verstrich. Die Mittagszeit war seit unzähligen Momenten vorüber. Der Tag näherte sich bereits wieder dem Abend.

Da, urplötzlich schellte die Glocke am Hauptplatz von Chervil.

„Alarm Sir. Die Briten rücken vor. Alle Mann an die Waffen."

Dieser Ruf durch zuckte alle Miliz Soldaten wie ein Blitz. Wie durch einen elektrischen Schlag, sprangen alle auf die Beine und bereits nach wenigen Minuten hatte jeder Mann seine vorher bestimmte Position eingenommen.

Colonel Request beobachtete das siebente Regiment durch seinen Fernstecher. Soweit er es überblicken konnte, waren dies die achthundert Männer unter der Führung von Admiral Fulbright. Die Truppen aus dem Süden waren also noch nicht zu diesen Soldaten gestoßen. Das konnte man sehen wie man wolle, auf der einen Seite war es ein Vorteil. Auf der anderen Seite aber wieder nicht. Das Regiment kam näher. Jetzt konnte Request und auch Jack Marine mittels des Fernstechers die einzelnen Personen erkennen. Verwundert suchte Colonel Request nach Admiral Fulbright. Er konnte schließlich aber nur Wallace als Führer der Truppe ausmachen. Nachdem die Briten in einer Entfernung von hundert Metern zum Stillstand gekommen waren, konnte Request sehen, das Samuel Wallace nun die Rangabzeichen eines Admirals trug. Was war geschehen? Die Ruhe vor dem Sturm hatte begonnen.

Teil III

Altruismus

Colonel Thomas Request setzte den Fernstecher ab, noch verhielten sich die Briten ruhig.

Aber wie lange noch? Jeden Augenblick konnte der Sturm, die Attacke gegen die Unions-Miliz losgehen.

Es dunkelte. Doch damit hatte Request gerechnet. Mit Einbruch der Finsternis loderten unzählige Feuer auf. An allen wichtigen Positionen waren riesige Holzscheiterhaufen errichtet worden, diese knisterten hoch empor und Lagerfeuer spendeten genügend Licht.

Wieder hob Request den Fernstecher, aber jetzt konnte er nicht mehr viel erkennen. Mit bloßem Auge sah er da schon mehr.

„Colonel", Admiral Samuel Wallace trabte hoch zu Ross dem Städtchen Chervil entgegen, „Colonel Request", rief er noch einmal.

„Ja, sie wünschen?"

„Colonel", Wallace richtete sich Arrogant in seinem Sattel auf, „in Anbetracht ihrer Situation wäre es Ratsam, sie Sir Kapitulieren. Ein Sieg über meine Truppen ist auf keinen Fall möglich. Ersparen sie ihren Männern den grausamen Tod und lassen wir die Angelegenheit mit Ruhe und Besonnenheit ausklingen."

„Es tut mir leid Admiral. Aber Sie wissen das ich das nicht Befehlen kann. Diese Nacht entscheidet über Leben und Tod. Wenn wir Leben, dann sind wir Frei und Unabhängig. Sollten wir aber Sterben, dann ist der Tot die vernünftigere Wahl. Denn für uns kann es kein Leben unter der britischen Knechtschaft mehr geben Sir." endete Request heroisch.

Wallace knirschte wütend mit den Zähnen. Er riss sein Pferd herum und schüttelte drohend die Faust. „Wie sie wollen Request. Dann sterben sie und ihre Männer den Tod der Narren."

Im Galopp entfernte sich Admiral Wallace. Der Colonel wusste, der Angriff konnte nun jeden Augenblick erfolgen.

Die Streitmacht King Georges hatte alle Hebel in Bewegung gesetzt und traf bereits dreiundzwanzig Stunden nach dem Aufbruch, in South Carolina ein. Durch das Kommunikee Benjanns wusste der König, das sich die Letzte entscheidende Schlacht in dem Städtchen Chervil abspielen würde. Unterwegs, kurz nach den Falcon Mountains, traf George II. auf die Division, die aus dem Süden zum siebenten Regiment aufschließen sollte.

Schüsse peitschten. Querschläger sausten durch die Luft und surrten unangenehm über die Köpfe der Miliz Soldaten hinweg. Request beobachtete den Gegner genau. Jetzt schickte Admiral Wallace die erste Welle gegen die Stadt Chervil.

„Männer", Request vermittelte Stärke, ließ jedoch keine Illusionen offen, „die ersten Stürmer kommen. Zielt genau, je mehr wir erwischen, desto besser ist es. Und der Himmel möge uns gnädig sein."

Schon stürmten über hundert Soldaten los. Zunächst basierte überhaupt nichts. Dann, bevor die Briten auf zwanzig Fuß der Stadtmauer näher gekommen waren, feuerten die Schützen. Die vordere Reihe brach zusammen. Auch die zweite hatte nicht viel mehr Glück. Die letzten, die sich noch auf den Beinen befanden, versuchten die Mauer zu erreichen. Aber noch innerhalb der nächsten fünf Schritte fanden auch sie den Tod.

„Zweite Welle",

Hörte Request Wallace aufgebracht schreien. Im selben Augenblick liefen erneut hundert Briten los. Auch hier wurde die Strategie Requests beibehalten.

„So erreichen wir nichts. Die sitzen in Deckung und knallen einen nach dem anderen ab. Wir haben bereits über zweihundert Mann verloren", Vize-Admiral Edward Louis versuchte Samuel Wallace zur Vernunft zubringen. Louis brachte hart in Erinnerung, das Wallace geschworen hätte, die Miliz Zufall zubringen, „auf diese Weise schaffst du das nie. So unterzeichnest du deine eigene Niederlage. Wie glaubst du wird der König dieses Ergebnis aufnehmen?"

Wallace blickte Louis grimmig an. Seine Augen verengten sich, sein Atem wurde flacher. Doch dieser Zustand dauerte nur wenige Sekunden an, dann entspannte sich Wallaces Antlitz. Er überlegte kurz und sprach schließlich nicht dagegen. Im inneren wusste der Admiral das der Vize recht hatte. Deswegen sagte er und befahl danach.

„Gut Edward, du hast nicht einmal so Unrecht. Übernimm das Kommando für die Reiter Truppe. Reitet diese Hunde nieder."

Die französische Verstärkung unter der Führung von Captain Frank „Silverstar" Benjann und Marschall Gall Sion erreichten endlich das Flussbett des Red Stones. Die Nacht war weit Fortgeschritten. Nur wenige Kilometer vor ihnen zog die Armee George II. dahin. Benjann erkannte die königlichen Banner. Der Captain gab seinem Pferd die Sporen. Im Galopp fegte der Brite hinter seinen Landsleuten her. Endlich holte er sie ein.

„Mein König", Benjann setzte sich neben den Hengst King Georges und senkte sein Haupt zur Demut, „ich danke Ihnen dass sie umgehend gekommen sind. Die Lage ist mehr als ernst."

„Vielen Dank für die Begrüßung Captain", King George blickte nur auf die Rangabzeichen, „aber wer sind Sie?" fragte er.

„Mein Name ist Benjann Majestät, Captain Frank Benjann. Ich ließ ihnen ein wichtiges Kommunikee zukommen."

„Ah", entfuhr es dem König, „sie sind diese Soldat, der sich gegen seine obersten Befehlshaber gestellt hat."

Wieder senkte der Captain sein Haupt. Dann erklärte er.

„Ganz so ist es nicht Majestät. Admiral Woodard übertrug mir eine Mission. Er sagte mir dass die Friedensgespräche von vorn herein Unterwandert worden waren. Er legte mir nahe, alle Offizier, bis hin zum niedrigsten Soldaten unter die Lupe zu nehmen. Und das tat ich dann auch."

„Konnten Sie den Verräter Entlarven?" King George hatte bemerkt dass ihnen eine Garnison folgte, „und welche Männer sind da unaufhaltsam hinter uns?"

„Nein, wirklich Entlarven konnte ich die Schuldigen nicht. Aber ich glaube zu wissen wer die Männer sind, die den guten Namen Englands in den Dreck gezogen haben." Benjann machte eine kurze Pause, dann führ er fort. „Die Männer die hier hinter uns nachkommen sind fünfhundert Mann der französischen Seegarde. Ich ersuchte die Franzosen um Hilfe."

„Sie haben eine Menge Eigeninitiative bewiesen Captain. Aber aus welchen Grund sollten die Männer, die sie mir Schriftlich genannt haben, diesen Verrat begehen?"

„Des Rangs, der Orden wegen." Benjann gab offen seine Ansicht kund. „Vize-Admiral Shannon Fulbright stieg zum Admiral auf. Colonel Samuel Wallace wurde zum neuen Vize und Leutnant Edward Louis wurde zum Colonel ernannt. Dadurch, dass der Krieg weiter ging und dadurch, dass Fulbrights Regiment um beinahe ein doppeltes stärker war, erhoffte sich der Ex-Vize einen schnellen Sieg und damit mit allen dafür zustehenden Ehrungen."

King George hörte die Äußerung.

„Wiesen sie was aus dem Unabhängigkeitsschreiben geworden ist?

Benjann nickte.

„Das habe ich. Woodard überreichte es mir bevor er seine Ansprache hielt, wo er erschossen worden ist. Erschossen von Wallace, er hatte als einziger ein Gewehr in der Hand. Der Lauf war damals noch warm gewesen. Doch Fulbright ließ ihn vom Hacken. Das alles sprach Bände, deswegen musste ich in den Untergrund abtauchen. Ich wäre ansonsten sicherlich nicht mehr am Leben sondern tot."

Nachdenklich setzte der König seinen Ritt fort. Das was Benjann gesagt hatte, ergab einen Sinn. Für eine halbe Stunde lies George II. rasten, dadurch hatten die Franzosen eine Gelegenheit auf zuschließen.

Vize-Admiral Edward Louis wusste eigentlich nicht wie ihm geschah. Ohne dass er es eigentlich wollte saß er nun auf seinem Ross und kommandierte zehn weitere Reiter in die grausame Schlacht.

„Dann wollen wir mal hoffen, dass wir das überleben. Vorwärts", Louis zog sein Schwert und lies zum Angriff blasen. Die Soldaten gaben ihren Tieren die Sporen und galoppierten, ebenfalls Säbel schwingend, gegen die Stadt Chervil.

„Was machen diese Wahnsinnigen denn da?"

Es war weit nach Mitternacht. Während einige Männer immer wieder Holz in die Feuersäulen warfen, sicherten alle anderen Milizleer die Front. Jetzt waren die Reiter nur noch wenige Meter von der Stadtmauer entfernt.

„Haltet die Stellung Männer", Request gebot Standhaftigkeit, „Feuer erst auf meinen Befehl."

Die Soldaten verstanden ihre Aufgabe. Entschlossen packten sie die Gewehre fester und legten zielgenau an. Dann warteten sie auf die Freigabe des Colonels.

„Achtung Männer, Feuer."

Die Gewehre bellten auf. Pferde, aber auch einige Reiter wurden getroffen. Vize-Admiral Edward Louis wurde durch den Sturz seines Rosses aus dem Sattel gehoben. Er segelte hoch in die Lüfte und knallte schließlich hart auf den Erdboden auf. Etwas benommen bleib er eine Zeitlang liegen, doch dann rappelte er sich Vorsichtig in die Höhe. Hier befand er sich im toten Winkel, von der Stadt aus konnte er nicht gesehen werden, das gab ihm die Change diese Verfluchten Mauern zu Überwinden.

Wieder krachte eine Salve. Die übrigen Reiter, die versucht hatten Chervil zu Fuß zu erreichen, wurden nieder gestreckt. Für die Unions-Miliz war die Stadt ein Geschenk des Himmels.

Endlich, nach einigen Metern Probearbeit, gelangte Louis an die bereits teilweise brüchigen Mauern der Stadt Chervil. Hier, unweit des Haupttores gab es einen breiten Spalt, er könnte grade durch kriechen. Vorsichtig bahnte sich Louis einen Weg hindurch.

Noch war die französische Armee und die King Georges gute zwei Kilometer von der Stadt Chervil entfernt. Doch die Gewehrsalven konnten die Männer bereits vernehmen. Donnernd hallten sie in der Ferne.

„Wir sollten uns beeilen", Captain Benjann ersuchte den König um eile. Dieser stimmte dem zu. George gab seine Order an die Admiralität und diese agierte. „Vorwärts Männer, doppeltes Tempo."

Edward Louis spähte in die Dunkelheit. Er sah einige Männer in wartender Position. An diesen musste er vorbei, wenn er den Versuch starten wollte Colonel Thomas Request zu töten. Vorsichtig setzte er sich in Bewegung.

Colonel Request und Captain Marine kontrollierten in diesen Moment die Ausgangsposition der Briten. Langsam graute der Morgen.

„Die Nacht hätten wir Überstanden", der Colonel straffte sich, „aber ich denke mal das Wallace erst jetzt seine missen Tricks einsetzten wird."

„Wiesen Sie was heute ist?" Marine trat einen Schritt näher.

Leicht lächelnd nickte Request. „Ja mein Freund, es ist Neujahr. Wenn die Sache damals wie geplant abgelaufen wäre, dann hätten wir diesen Silvester bereits als Freie, unabhängige Nation feiern können."

„Statt dessen hocken wir in dieser Ruinen Stadt und müssen um unsere Leben kämpfen", der Captain war äußerst verbittert.

Ein Geräusch hinter ihnen ließ beide Männer wirbelten herum. Eine Gestalt hüpfte aus der Dunkelheit auf die beiden Offizier zu und brüllte schaurig.

„Fahr zur Hölle Request. Das ist dein Ende."

Der Säbel blitzte auf. Zum tödlichen Stoß, das Schwert nach vorne gerichtet, stürmte Vize-Admiral Louis auf den Colonel zu.

Doch da, im allerletzten Moment, warf sich Captain Jack Marine in den Weg des Briten. Die Klinge bohrte sich tief in den Leib des Soldaten. Im selben Moment zog Request sein Schwert blank.

„Das war deine letzte Tat Unhold", Request war außer sich vor Zorn, „für deine Sünden wirst du nun Büßen müssen."

„Starke Worte von einem Milizleer. Sei auf der Hut, damit ich dir diese Worte nicht wieder zurück in deinen Hals stecke."

Louis griff an. Request parierte gekonnt und ging zum Gegenangriff über.

„Du schlägst wie ein altes Weib Louis. Zaudernd und Faul. Hast wohl Angst vor dem Tod?"

„Kümmere dich um deinen eigenen Kampfstill", Louis versuchte der Herr der Lage zu bleiben,

„sonst habe ich dich in wenigen Sekunden getötet."

Immer härter schlug nun Request auf den Vize-Admiral ein. Dieser konnte zwar die Paraden abwehren, es gelang Louis aber nicht mehr einen einzigen Gegenschlag zu starten. Request trieb den doch etwas unerfahrenen Briten immer höher auf die Stadtmauer hinauf.

Dann kam der große Fehler Louis'. Er holte zu einem unsicheren Seitenhieb aus und der Colonel nutzte die Gelegenheit um den Tod Jack Marines zu Rächen. Das Stahl bohrte sich in das Herz des Soldaten und Edward Louis gurgelte auf. Sein Säbel flog durch die Luft. Mit beiden Händen nach der Wunde greifend, setzte der Vize-Admiral der britischen Armee einen Fuß nach hinten, doch da war nichts mehr. Nur noch die gnadenlose Schwerkraft. Mit rudernden Armen versuchte der sterbende Mann nach einem Halt zu finden, doch da war nichts. Schreiend stürzte Louis in die Tiefe. Es folgte ein dumpfer Aufprall, dann wart alles wieder still."

Colonel Request atmete ein paar Mal tief durch. Der Kampf hatte ihn viel Kraft gekostet. Nachdem er wieder zu Atem gekommen war, suchte er den bereits toten Kollegen, Captain Jack Marine, auf.

„Gott möge sich deiner tapferen Seele annehmen. Aber in diesen Zeiten ist der Tod oft eine Befreiung. Eine Befreiung aus der Tyrannei der Engländer. Deine Seele ruhe in Frieden."

Admiral Samuel Wallace, hoch zu Ross, hatte das Schauspiel auf den Mauern des Städtchen Chervil genau beobachtet. Schön langsam geriet der ehrgeizige Offizier in Wut. Seine Arroganz

„Weshalb schickt Request seine Männer nicht Mann gegen Mann in die Schlacht?" Wallace setzte das Fernglas ab. „Dann wäre bereits jetzt alles entschieden."

Einen Entschluss fassend, lies er seine Soldaten das Städtchen vollkommen umzingeln.

„Bleibt aber außer Schussweite. Wir werden die Bande aushungern und auf die Verstärkung warten."

Die britische Armee gehorchte. In Windeseile wurde eine Menschenmauer um die Stadt errichtet und Admiral Wallace, trabte erneut auf seinem Pferd, Chervil ein Stück entgegen.

„Hey Request", Wallace rief nach den Namen seines Gegners, „ich mach dir einen allerletzten Vorschlag."

Fünfzig Mann erhoben sich und ließen ihre Gewehrläufe über die Palastrate schauen, dann zeigte sich Colonel Thomas Request.

„Sprechen Sie Admiral. Aber ich sage ihnen gleich, wir werden nicht weichen. Wir werden uns nicht ergeben und wir werden uns auf keinen Kampf Mann gegen Mann einlassen."

„Hören Sie mir zu Request", unterbrach der Admiral ungeduldig, „seien Sie kein Dickschädel. Für sie gibt es hier nichts zu gewinnen. Aber Sie können alles verlieren, nämlich Ihr Leben. Seien Sie vernünftig und kommen Sie mit Ihren Männern unbewaffnet aus dem Stadttor. Einer nach dem anderen. Dann werde ich von einer vollkommenen Exekution absehen. Was sagen Sie dazu?"

Ohne ein Wort zog sich Request zurück. Die fünfzig Gewehre schossen auf einmal los. Doch Wallace befand sich weit außer Reichweite. Die

Kugeln gingen ins Leere. Es war auch mehr ein ritueller Akt.

„Soll das ihre Antwort sein?" Wallace wendete sein Ross. „Dann fahren Sie endgültig zur Höhle."

Tief getroffen, in seinen Stolz, riet Wallace zurück. Er bedauerte jetzt dass er hier keine Kanonen zur Verfügung hatte. Aber die Verstärkung musste ja bald eintreffen, dann würde sich das Blatt schlagartig ändern.

Der Beschuss hatte aufgehört. Colonel Request entschied die Munition zu sparen und Admiral Wallace hielt einen Sicherheitsabstand von gut hundert Fuß ein. Die Sonne hatte sich mittlerweile hoch in den Himmel erhoben. Bald war die Mittagsstunde.

„Wir befinden uns nur noch zwei Kilometer von der Stadt Chervil entfernt", Captain Frank Benjann hatte den König mit den Führer der französischen Garnison bekannt gemacht. Marschall Gall Sion hatte den King freundlich begrüßt, aber dennoch zeigte sich eine Spannung zwischen den Männern.

„Wenn ich fragen darf. Gibt es zwischen England und Frankreich Probleme?"

King George blickte den Captain mit klarem Blick an. Die Art, wie dieser Offizier so manches Problem angegangen war, faszinierte den Monarchen.

„Im Sinne der Königshäuser nicht. Aber unser lieber Freund Gall Sion warb vor drei Monaten um die Hand meiner Tochter. Ich war dagegen und lehnte ab. Der Stolz dieses Mannes ist noch nicht darüber hinweg gekommen."

Captain Benjann hatte die Umgebung im Auge behalten. Jetzt erschien in der Ferne, der schwache Umriss des Kirchenturms von Chervil.

„Da", rief „Silverstar", „Chervil."

Die Truppen schritten nun wieder schneller aus. In den kommenden neunzig Minuten sollte die Stadt erreicht sein.

Die Minuten vergingen. Auf dem Schlachtfeld hatte sich nichts verändert. Admiral Wallace hoffte zwar das seine Verstärkung jeden Augenblick eintreffen würde, er ahnde aber nicht, wer da noch alles kommen sollte. Bisher, hatte sich Wallace, mit Intrigen und Gewalt verschafft, was er sich gewünscht hatte. Er war zum Admiral aufgestiegen. Er kommandierte ein Regiment und wenn er es klug anstellte, dann könnte er sich womöglich auch eines Tages zum König von England krönen lassen. Doch das waren Zukunftsträume und noch ein gutes Stück von ihm entfernt.

Ein lauer Wind erhob sich. Er strich von südlicher Richtung her und lies das sachte Geräusch von Hufen und Männerschritten aufstöhnen.

„Meine Verstärkung", dachte Wallace erfreut, „jetzt kann Request etwas erleben."

Zwanzig Minuten später fühlte sich Admiral Wallace nicht mehr so Sieges sicher. Unvorbereitet trat er seinem König gegenüber und erstattete Bericht.

„Ich habe die Rebellen Miliz in dieser Stadt eingeschlossen. Meine Pflichten habe ich als Englischer Offizier erfühlt. Darf ich deswegen fragen Majestät, weshalb Sie nach Carolina gekommen sind?"

„Deswegen", King Georges winkte Captain Frank Benjann trat an die Seite des Herrschers. Wallace erkannte den Mann und rief nach seiner Wache.

„Abführen", gebot Wallace schroff, „nehmt den Deserteur in Gewahrsam."

„Halt", King George gebot Einhalt, „ich bin mir nicht sicher wer hier ein Deserteur ist. Es gibt da verschiedene Beschuldigungen gegen Sie mein lieber Admiral."

Wallace erblasste. Jetzt wusste er im Moment nicht weiter. Alle, die ihm die Stange halten hätten können, waren Tod. Er stand alleine da.

„Ich verstehe nicht ganz."

„Habe Geduld, Trompeter", der Soldat stand stramm, „blase zum Waffenstillstand."

Während der Trompeter diesen Befehl nachkam, erhob sich George II. und nahm den nun durch geschwitzten Admiral beiseite.

„Ich empfehle Ihnen ein vollkommenes Geständnis ab zulegen. Nur das könnte Ihren Hals retten."

Wallace schwieg. Er blickte zu Boden und wandte sich ruckartig ab.

„Dann nicht."

Die britische Armee zog sich zusammen. Die Belagerung von Chervil war vorbei. King George lud Colonel Request zu einem Gespräch ein. Er und seine Männer könnten als freie Männer die Mauern verlassen. Request nahm diese Angebot an, traute dem Frieden aber noch nicht. Deswegen ging er alleine.

Die Verhandlung war nur von kurzer Dauer. Benjann legte den Unabhängigkeitskontrakt vor.

Im selben Kuvert befand sich noch ein Brief von Admiral Francis Woodard.

„An King George, England. Wenn sie diesen Brief zu lesen bekommen, dann bedeutet das, das ich nicht mehr lebe. Damit habe ich ihre Erwartungen, was die Verräter aus unseren Reihen betrifft, enttäuscht. Ich konnte nicht mehr feststellen wer die Drahtzieher hinter diesem Komplott sind, aber ich habe eine kleine Liste mit potenziellen Namen. Samuel Wallace. Er könnte einer der Hintermänner sein. Aber er hat nicht den Verstand als Ausführender. Edward Louis. Er ist ein Untergebener Wallaces. Der Kopf dieser Miesere vermute ich ihn Vize-Admiral Shannon Fulbright. Ich hoffe, am Ende obsiegt die Gerechtigkeit." gezeichnet F. Woodard. Admiral des englischen siebenten Regiments.

Einige Minuten des Schweigens folgten auf diese Niederschrift. Wallace wurde bereits scharf bewacht. Da er keine Angaben machte, schien er die Anklagepunkte indirekt zu zugeben. Aber als Geständnis konnte man Wallaces schweigen nicht interpretieren.

King George autorisierte Captain Benjann die Unabhängigkeit für die Koloniestaaten zu verkünden. Auf diesen Fuß folgte die Beförderung zum Admiral der Streitmacht Englands.

„Ich, Admiral Frank „Silverstar" Benjann. Bevollmächtigter des Königs George II. aus England. überreiche hiermit die Unabhängigkeitserklärung ihnen." Benjann reichte das Dokument weiter. „Colonel Thomas Request. Diese Verfügung ist ab sofort Rechtskräftig und Unanfechtbar. Ab diesen Tag, den 01. Januar 1778 ist Amerika Frei."

Im Lager wurde gefeiert. Colonel Request unterhielt sich angespannt mit dem französischen Marschall. Admiral Benjann schickte indessen Reiter los, die, die Frohe Kunde im Land verbreiten sollten.

Samuel Wallace, bereits seiner Titel enthoben, blickte aus dem Zelt, in dem er gefangen gehalten wurde. „Noch ist nicht aller Tage Abend", Wallace wollte seine Niederlage nicht eingestehen. Verbissen dachte er über seine Rache nach.

Die beiden Wächter, die vor dem Zelt standen, waren Soldaten seines Regiments. Wallace schrie auf. Er taumelte und stürzte hart zu Boden. Ein schauriges Röcheln drang aus seiner Kehle.

Einer der beiden Soldaten warf einen Blick in das Zelt. Wallace lag zitternd auf der Erde, schnell hastete der Offizier zu dem Gefangenen und kniete sich nieder. Darauf hatte Wallace nur gewartet. Ein kräftiger Fausthieb schmetterte den Briten zu Boden. Eiligst nahm Wallace den Revolver an sich und huschte zum Ausgang. Die zweite Wache stand jetzt mit dem Rücken direkt vor dem dekretierten Admiral. Wallace hob den Arm, der Kolben sauste nieder und beförderte den Soldaten in das Reich der Träume. Eiligst, schlich er nun aus dem Zelt. Lautlos bewegte sich Wallace weiter.

Alles das, was sich nun abspielte lief sehr schnell ab. King Georg erklärte Marschall Gall Sion noch einmal warum er gezwungen war seinen Heiratsantrag abzulehnen. Colonel Request stand unweit des Königs und Admiral Frank Benjann trat in diesem Moment zu den Männern.

„Alle schön auf einen Haufen beisammen", dachte der ehemalige Admiral irre, „aber Request gehört mir als erster."

Mit Schaum vor dem Mund, ein leichter Anfall von Wahnsinn überschattete die Wahrnehmung des Briten bereits, stürzte Wallace laut schreiend aus dem Dickicht, hinter dessen er sich Verborgen hatte.

Den Hahn des Revolvers gespannt zielte er auf Request. „Dein Sieg ist nicht von allzu langer Dauer", mit irr leuchtenden Augen sprang Wallace auf den Colonel zu.

„Nein", Wallace hörte den Aufschrei Benjanns. Doch da krümmte er bereits den Finger. Der Hahn schnellte gegen die Zündungskammer und heizte das Schießpulver an.

Colonel Request war für einen Moment geschockt. Wie der verflixte Teufel aus der Schachtel stürmte Wallace mit gezogener Waffe auf ihn los. King George und Marschall Sion waren ebenso Fassungslos. Mit diesem Ereignis hatte niemand gerechnet.

Admiral Benjann erkannte die Absicht Wallace. Zweifellos wollte sich der gestürzte Intrigant an Thomas Request rächen. Dabei war doch er es gewesen, der den vermeintlichen Mörder Zufall gebracht hatte. Benjann hörte das Schnappen des Hahns. Im selben Moment, als Colonel Request seine Waffe zog, die Feuerkammer Wallaces auf qualmte und der Schuss unendlich laut los bellte, warf sich Benjann vor den Colonel. Er spürte den Schmerz. Die Kugel trank stechend in seinen Brustkorb. Noch im Fallen hörte Benjann die Waffe Requests feuern. Sein letzter Blick sah, wie

Wallace die Arme in die Höhe warf, sein Revolver wirbelte durch die Luft. Doch als Benjanns Gesicht das Gras berührte, hatte der Brite bereits das Bewusstsein verloren. Die Kugel hatte die Rippen durchschlagen und war in der Lunge stecken geblieben. Als Colonel Request den Offizier herum drehte, schoss bereits ein breiter Blutstrom aus seinen Mund. Der Tod hatte sich über diesen jungen Briten gelegt. Frank „Silverstar" Benjann hatte sich geopfert um ein anderes Leben zu schützen. Auch Samuel Wallace wurde durch die Kugel Requests getötet. Doch dieser kleine Trost machte Benjann nicht wieder lebendig. Die neuen Friedensgespräche und nahenden Unabhängigkeitsfeierlichkeiten wurden schon zu Beginn von düsteren Schatten überflutet.

Am 02. Januar 1776 wurde Frank Benjann in die beinahe freie amerikanischer Erde beigesetzt. Colonel Thomas Request, seine Kompanie, sowie die französische Delegation und George II. wohnten dieser Zeremonie bei. Request hielt die Totenrede.

„Er war ein Brite", Requests Worte klangen Hohl und sehr leer, „nach Admiral Woodard der zweite den ich wirklich Vertraut hatte. Er stand für sein Wort ein und handelte nach reinem Gewissen. Heute an diesen ersten Tag der Unabhängigkeit sind wir zusammen getreten um den Offizier Admiral Frank „Silverstar" Benjann die aller letzte Ehre zu erweisen. Er tritt nun eine neue Reise an, in eine hoffentlich gerechtere Welt. Wir werden sie nie vergessen."

King George trat nun an das offene Grab und segnete die Stätte. „Im Namen des Vaters, des

Sohnes und des Heiligen Geistes", der König tröpfelte ein wenig Weihwasser auf den Sarg, „aus Staub wurdest du geboren, zu Staub sollst du wieder werden. Dein Leben stand im Dienste der Gerechtigkeit. Dein Tod hinterlässt Trauer in den Herzen deiner Kameraden. Wir nehmen Abschied und sagen Lebe wohl."

„Amen."

Marschall Gall Sion und Colonel Request beendeten die Grabrede mit diesem Abschluss, dann griffen die Männer zu den Schaufeln und schütteten das Grab zu. Ein Kreuz wurde gezimmert und der Name, der Rang, die Geburtsdaten und eine Widmung vermerkt. Dann kam das Heiligensymbol an seinen Platz, am Kopfende des Grabes.

Eine leichte Prise erhob sich. Ein blutiger Krieg, der Konflikt der Freiheit war beendet. Die 13. Kolonien Nordamerikas verhandelten hart. Dann, beinahe ein halbes Jahr später, am 04. Juli 1776 waren sie Frei. Jetzt hing es an ihnen selber, was sie mit dieser neu gewonnenen Freiheit tun würden.

Anmerkungen des Autors:

Sandro Hübner meißelt in Berlin, in klaren Sätzen ein Denkmal und ist unverzichtbar für alle, die ihn bei Twentysix lesen, weiterempfehlen und auch kaufen werden.

Bisher erschienen:

Titel:	SAD SONG - Trauriges Lied -
Genre:	Kriminalroman
ISBN:	978-3-7407-3007-9

Titel:	Juliette und Taddei eine Liebe forever
Genre:	Liebesroman
ISBN:	978-3-7407-3030-7

Titel:	Rückkehr eines träumenden Delfins
Genre:	Roman
ISBN:	978-3-7407-3399-5

Titel:	Fesselnde Psycho-Horror- Geschichten
Genre:	Horror
ISBN:	978-3-7407-4455-7

Titel: Spannende Thriller-
            Geschichten

Genre: Thriller
ISBN: 978-3-7407-4636-0

Titel: Doppelt stirbt sich besser,
            mit einem grauenvollen Biss

Genre: Psychohorror
ISBN: 978-3-7407-4697-1

Titel: TITANIC
            Ein Augenzeugenbericht von
            Helena F. Lang
Genre: Roman
ISBN: 978-3-7407-5058-9

Titel: Unheimliche Gruselgeschichten
            - Teil I -

Genre: Gruselroman
ISBN: 978-3-7407-5067-1

Titel: Unheimliche Gruselgeschichten
            - Teil II -

Genre: Gruselroman
ISBN: 978-3-7407-5068-8

Titel:	Der Fitnesstrainer
Genre:	Roman
ISBN:	978-3-7407-5075-6

Titel:	Das Bett des Horroralptraums
Genre:	Horror
ISBN:	978-3-7407-5139-5

Titel:	Der verhängnisvolle Fehler aller Zeiten - Das Haus der Seelen
Genre:	Horror
ISBN:	978-3-7407-5317-7

Titel:	Spannende Abenteuerkurzgeschichten für Kinder
Genre:	Roman
ISBN:	978-3-7407-5415-0

Titel:	Roy Raperpotz im Land der Träume
Genre:	Roman
ISBN:	978-3-7407-1711-7

Titel:	Der grausame Helikopter des Horrors
Genre:	Horror
ISBN:	978-3-7407-2681-2

Titel:	Die Nacht des Horrors
Genre:	Horror
ISBN:	978-3-7407-4812-8

Titel:	Abenteuergeschichten für Kinder
Genre:	Roman
ISBN:	978-3-7407-6328-2

Titel:	Sommerliche Gaystories
Genre:	Roman
ISBN:	978-3-7407-5107-4

Titel:	Die Brücke zum Verrat
Genre:	Roman
ISBN:	978-3-7407-6639-9